슬픈 삼각형 웃긴 사각형

창비청소년시선 48

슬픈 삼각형 웃긴 사각형

초판 1쇄 발행 • 2024년 8월 5일

지은이 • 이근화
펴낸이 • 김종곤
편집 • 임소형 박문수
펴낸곳 • (주)창비교육
등록 • 2014년 6월 20일 제2014-000183호
주소 • 04004 서울특별시 마포구 월드컵로12길 7
전화 • 1833-7247
팩스 • 영업 070-4838-4938 / 편집 02-6949-0953
홈페이지 • www.changbiedu.com
전자우편 • contents@changbi.com

ⓒ 이근화 2024
ISBN 979-11-6570-269-4 44810

창비
청소년
시 선
48

슬픈 삼각형
웃긴 사각형

이근화 시집

창비

지민, 하민, 준우, 유민 네 아이의 할머니 김순자, 송성자
두 분께 사춘기 아이들의 목소리를 건넨다.
그리고 오래전에 돌아가신 나의 할머니들에게도.

차
례

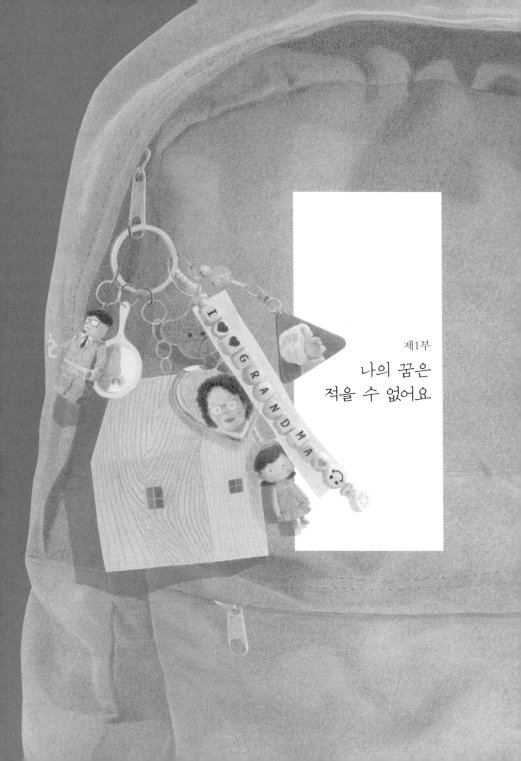

제1부

나의 꿈은
적을 수 없어요

나의 꿈은 적을 수 없어요

꿈이라……
생기부에 아직도 그런 거 적니?
고모는 물정 모르고 남의 속을 뒤집는다
고모, 우리 막내 꿈은 경비원이에요
날마다 아파트 화단을 파서
개미 지네 공벌레 들과 놀아요
귀엽죠
귀여움이 아니라면 무의미해요

너는 무의미가 뭔지 아니?
글쎄요, 좋은 게 아닐까요?
그래서 너는?
나의 꿈은 적을 수 없어요
인생이라는 게 다 그렇죠
인생이 뭔데?
그런 건 또 뭐고?
다는 아닌 거 같은데?

꿈 말이에요
내가 적으면 달아날 것 같다고요
내게서 달아나면 내가 더 열심히 쫓아야 하잖아요
저 달리기 못해요
공부도 못하지만
그래 알았어 나도 그랬어
달리기도 공부도

그래도 네 고모잖아
너도 그냥 조카지
꿈을 꿔야 조카니?
그냥 걸어도 돼
엄마 아빠한테는 내가 그랬단 말 하지 말고
고모는 쿨하네
앞으로 내 꿈을 고모로 할까 봐요
나야 영광이다
옜다, 용돈이다 오늘은 여기까지

지금도 그럴까요

다섯 살의 나는 땅파기를 좋아했답니다
(열다섯 살의 나는 좋아하는 게 없습니다)

사칙 연산보다 땅파기를 잘했습니다
(지금은 잘하는 게 뭔지 모르겠습니다)

개미 지네 공벌레의 다정한 친구였습니다
(지금의 나를 좋아하는 친구 누가 있을까요)

곤충 도감에 통달하여 줄줄이 외울 정도였습니다
(단어와 공식은 어째 날마다 낯섭니다)

반갑게 인사하던 경비원 아저씨는 그만둔 지 오랩니다
(나는 학교를 그만둘 엄두도 못 냅니다)

내 어릴 적 꿈은 야간 경비원이었습니다
(지금은 꿈을 잘 모르겠습니다)

그때는 즐겁고 귀여운 아이였습니다
(지금은 졸리고 무거운 청소년이라 해야 할까요)

완벽하지 않아도 좋았던 시절이 지나갔습니다
(먼 미래에 생각하면 지금도 그럴까요)

불을 켜고 끄는 능력

조금 어두워도 조금 환해도 괜찮은데
엄마는 불을 켜라고 불 좀 끄라고 잔소리를 늘어놓고
잔소리는 귓등으로 곧잘 미끄러진다
문을 닫고 열거나 옷을 거는 것도
내게는 그리 중요한 게 아니에요
필요하면 할게요 크면 다 할게요
지금 그게 그렇게 큰 일인가요?

방이 깨끗하거나 말거나 내 방인데
침대 위가 어지럽거나 말거나 나는 나인데
내 꿈속은 괜찮아요 내 별들도 괜찮고요
화장실에 앉아서 볼일이 길어져도
샤워를 오래 해도 그게 무슨 상관이람
내가 여기 있는데
내가 변함없이 엄마 딸인데

엄마, 화내면 건강에 해로워요
지각 오 분 전에 가방 들고 뛰는 나를 향해

혀를 차는 엄마
그리 늦지 않았어요
잔소리는 소용없어요
제시간에 도착한다니까요
등굣길은 원래 바쁜 거예요

양말을 손에 쥐고 맨발로 뛰어도 학교는 가요
교실에는 맨발인 아이들도 많아요
내 양말은 내 발에 잘 있고요
커피 한잔 마시고 릴랙스 하세요
엄마가 미워하는 게 내가 아니란 거 알아요
급하게 서두르지 말아요
기다려 주세요

엄마, 이번 방학엔

제발 해 주세요, 이번 방학엔
네 눈이 어때서? 예쁘기만 한데
에이 그러지 말고요, 엄마
연아 언니도 한 거 몰라요?
내게도 필요해요 그거
유전일 뿐이야
있어도 그만, 없어도 그만인 거지
정말 그래요?
엄마는 있어서 몰라요
아빠하고 얘기할래요
그러든지, 근데 아빠도 마찬가지일걸
아빠 눈도 괜찮잖아, 샤프하잖아
엄마, 정말 그러지 마세요
가진 자의 여유예요
제게도 정말 필요해요
엄마, 이번 방학엔 꼭이요
생각해 보자
생각만 하지 말고요

더 예뻐지면 좋잖아요, 엄마
얼마 안 해요, 제가 다 알아봤어요
아플걸? 부을걸?
괜찮아요, 제 눈이잖아요
그래, 예쁜 네 눈이지
있어도 없어도 이쁜 걸
왜 그래, 뭘 그래
엄마, 그래도 이번엔 꼭

문제집 아래 빛나는 그것

노크하고도 3초 후에 들어오라고 했잖아요
인간적으로 너무 빨라요, 엄마는
그러게 이상하다, 후다닥 뭘 그리 바삐 치우니?
줘 봐, 이리 내 봐, 뭘 숨기는 건데?
문제집 아래 빛나는 그거 뭐니?
하려면 당당히 하지 뭘 숨기고 그래?
휴대폰으로 도대체 뭘 보는 건데?
수상하다 너 정말
이상한 건 엄마죠, 뭘 캐고 그래요?
그냥 놀라서 그렇죠
문제집 아래 그거, 몹시 빛나는 것 같다?
문제집이 뭔 죄니? 치우고 당당히 해
뭘 보든 당당히 보고, 아님 보지 말든가
그게 그렇게 쉬운가요, 엄마는?
쉽지 않아도 할 건 하고, 말 건 말아야지
그게 잘되면 십 대겠어요?
어릴 적 엄마 한번 만나고 싶네요
타임머신이 없어서 다행이네요

만날 수 없으니 노크하고도 3초 후에 들어오세요
인간적으로 제게도 3초는 필요해요

아프고 나면

아프고 나면 큰다
할머니는 이렇게 말씀하셨는데
아프고 아프고 아프고
계속 아픈데
우리는 언제 클까요

엄마는 코로나에 두 번씩이나 걸리고
아직도 컥컥 기침을 합니다
언니는 A형 동생은 B형
독감도 유형별로 걸렸습니다
집에서도 마스크를 쓰고
식사도 따로 했습니다
와우, 이건 정말……
아프고 아프고 아프고

계속 아픈 시기입니다
시험 기간을 앞두고
친구가 기침이라도 하면 불편해지고

학교 오지 말지,
그런 마음이 들어서 미안합니다

작은 인간이 되어야 할 것 같습니다
생명이 있는 것들이 사이좋게 지낼 때
지구도 아프지 않고
인간도 아프지 않겠지요
아프고 나면 큰다는 할머니의 말씀
이제야 이해가 됩니다

한 뼘 그늘 아래 장군 멍군

골목길 할아버지들 장기에 빠져 하염없네
땡볕 아래 작은 잎을 잔뜩 매단 나무들도
더워서 짜증 난 듯 팔랑거리며 훈수를 두지

부드럽고 둥근 빵처럼 구름이 부풀어 가는 오후
하늘보다 푸른 건물을 지나
강물보다 빛나는 유리창을 지나
천국보다 빠른 엘리베이터를 지나

나는 어디로 가고 있지
누가 나를 옮기고 있지
푹푹 여름날 지나간다

큰 목소리로 장이요 멍이요
이겼네 졌네 할아버지들 돌아설 때
골목길은 한쪽으로 자꾸 기울며 더위를 토해 내고

더위 먹고 멍해진 나는

장군인가 멍군인가 졸병인가 모르겠다
장기짝처럼 내가 우습게 여겨진다

동네 이웃들

엄마는 절대 안 된다고 했는데
동네 이웃들은 다들 한 마리씩 강아지를 키운다
함께 산책하는 걸 보면 부러워 죽겠다
강아지들도 날 보면 좋아하는데

이상하다
강아지 주인들은 날 별로 안 좋아하는 거 같다
쓰다듬어 주고 안아 주고 싶은데
슬슬 피해 간다

사람보다 강아지가 귀한 걸까
예쁜 옷 입히고 털까지 물들인 걸 보면
그런 것도 같다

절대 안 문다고 주인들은 말해도
계속 으르렁거리는 개가 있는 거 보면
개가 무는 건 본능이라는 엄마 말이 맞는 것도 같다

반갑게 인사하고 싶은데
때때로 개는 사납고
때때로 인심도 그렇다

지금 이 세계는

건물이 쓰러지고
지붕이 날아가고
아이들이 죽어 갑니다

길거리에 즐비한 시체들
피 흘리는 사람들
구조되지 못합니다

배를 타고 어딘가로 떠나는 사람들
난민은 거부되고 또 떠돌겠지요
표류하다 굶어 죽는 사람들

인종이 다르고
종교가 다르고
민족이 달라서
— 죽일 수 있습니까?
— 있습니다

성별이 다르고
계급이 다르고
계층이 달라서
— 때릴 수 있습니까?
— 있습니다

더 살기 위해
더 잘살기 위해
더 많이 갖기 위해
— 그럴 수 있습니까?
— 네, 당연히 그럴 수 있습니다

답하는 사람들
무서운 사람들
희망이 없는 사람들 사이에
희망을 갖고 산다는 건 무엇일까요?

주말 나들이

국도 변을 따라 끝없이 펼쳐지는 간판을 읽는 재미
가로수 우듬지 새집을 세다 까먹고

검은 차들이 자꾸 멈췄다 섰다를 반복하는 사이
군것질거리를 고무 다라이 가득 이고 차선을 넘나드는
사람들

옥수수알이 입속에서 올공거리는 재미
숲의 표정은 도통 알 수가 없지만

저 나무는 푸르다 키가 크다
옥수수는 뜨겁고 고소하다

여름은 길고 강변길을 따라 내내 흐르고
눈이 부신 강물의 말씀들 주말을 따라 길게 펼쳐진다

내가 다 읽지 못한 성경처럼 다 알 수 없는 삶이
구겨진 페트병처럼 던져지고

벗겨진 비닐처럼 빛나고

제2부

한밤중
강변에서
기다리고 있음

살구나무 회의

교실 안에 흐르는 어색한 침묵
엄마와 담임 샘은 갈라진 나뭇잎처럼 보였다
오늘 하루를 거칠게 요약하는 빗방울들 창문을 스치고

대화는 엉뚱한 방향으로 흘러가고 있었다
저만치 살구가 툭 떨어졌다
할머니가 좋아하던 신 살구인데……

아무렇게나 꺾인 나뭇가지들 허공을 찌르고
구름이 거친 입술을 내밀었다 빗줄기가 굵어졌다
사소한 다툼이 있었을 뿐인데……

도달할 결론이 있다는 듯 엄마는 고개를 주억거리지만
나는 할 말이 별로 없다
단단한 씨를 품은 살구처럼 가만할밖에

할머니가 있었다면 달랐을 것이다
부드럽게 풀었을 것이다 마음을 어루만져 주었을 것이다

덜 익은 살구만이 내 편일 뿐

한밤중 강변에서 기다리고 있음

간이 화장실 불빛이 환하다
한밤중 산책자나 취객이 들르겠지
무언가를 쏟아 낼 것이지만
그것을 슬픔이나 두려움이라 해 둘까
강변길
계절마다 크고 작은 꽃이 피었다
졌다

농구공을 몇 번 튕기다가
힘껏 던져 올린다
슈팅과 함께 날아가는 마음
화가 나다가
곧 잠잠해진다
링 바깥으로 튕겨 나가 구르는 공
매번 다시 던져 올리는 공

산책로의 비둘기도 개천의 오리도
나를 비웃는 것 같다

그게 아니었는데……
큰 목소리로 너를 부르다가
작은 목소리로 나를 항변하다가
목이 마르고
입술이 터지고
속이 아프다

내 마음을 누가 알까
안다는 듯 모른다는 듯
흔들리는 나뭇잎들
풀 한 포기가 기다리는 것을
나도 기다려 본다
가만한 마음을 따라
강물은 하염없이 흐르고

급식 시간

어제는 참외를 오늘은 수박을 내일은 포도를

목구멍으로 넘어가면서 비슷하게 흘렀다

싱싱한 호흡을 유지하기 위해 지켜야 할 것들이 있었다

탁탁탁, 밤의 운동장에서 농구공을 팅기는 소리가 들렸다

탁탁탁, 뺨을 얻어맞은 듯하였다

두들겨 맞고 나면 휴지 한 장 떼어 쓰는 것도 조심스러
워진다

모든 것이 어렵고 문득 어두워지고 발이 계속 빠진다

더워서 흘리는 땀이 아니다

슬픔이나 기쁨을 모른 채 뛰는 심장 때문에

벽과 친구가 되었다 말 없음을 익혔다

손발이 없고 표정이 없는 벽은 가까스로 다정하였다

싱싱한 호흡을 유지하기 위해 지켜야 할 것들이 있었다

타로

미래는 궁금하지 않은 척했지만
나는 지금 조금 떨린다
알 수 없는 카드들 죽 펼쳐지고

나의 시간에 깊숙이 손을 넣어 본다
손이 미끄러워 잘 잡히지 않는다
비밀 서랍을 열듯 조심스럽다

행복과 불행을 따져 묻는 것은 아니다
잠깐 어지러운 사이
인과 관계가 없는 일들이 단단히 묶인다

왕과 피에로의 웃음
지팡이와 새싹의 시간
달과 구름과 바람의 신비

시간은 어디로 흘러가는 것일까
나는 아직 아무것도 아니지만

그 무엇도 될 수가 있겠지

나의 느림은 이유가 있다

나는 느리다
거북이 굼벵이 나무늘보 코알라
다 나의 친구다
말도 느리고
걸음도 느리고
행동도 굼뜨다
기대고 누워 있기 잘하고
지각하기 일쑤다

나는 느리다
그래서? 그게 그렇게 잘못된 건가?
느리지만 나는 깊다
느리지만 나는 꾸준하다
느리지만 나는 세심하다
느리지만 나는 잘 버틴다

나는 나를 사랑한다
바느질을 잘하는 나

퍼즐 맞추기를 좋아하는 나
꼼꼼히 정리하는 나
그런 나와 나의 느림

느리지만 나의 시계는 망가진 게 아니다
아름다운 속도로
아름다운 기울기로
아름답게 째애깍 째애깍
간다
나의 속도로 간다

나의 느림 만세!

삐딱하게

저는 초콜릿 별로예요
마라탕 싫어하는데요
탕후루의 끈적함도 별로
입맛이야 다 다르죠
엄마 아빠랑 국밥 먹는 걸 좋아해요

제가 글은 잘 못 써도
그림은 잘 그려요
이미지로 말해요
그래도 되지 않나요
그림을 그리지 않으면 손이 심심해요
바느질도 좋아하죠

기타 배우고 싶어요
앵무새 키우고 싶어요
아프리카 가 보고 싶어요
그런 거죠 나답게
내가 사는 거니까

내가 좋아하니까

마음속 깊은 곳

어떤 순간은 땅속에 묻어 버리고 싶어요
내가 아니었던 창피한 순간
다 알면서 실수했던 이상한 순간
그런 순간들 잊어버리고 다시
다시 시작해도 될까요

어떤 물건은 땅속에 묻어 버리고 싶어요
내가 고르고 고른 것인데
그 아이에게 망설이며 준 것인데
받아 주지 않고 되돌아왔던 선물
그 선물 보고 싶지 않아요

그런데 땅속 깊이 묻는다 해도
생각 속에서 지워지지 않겠지요
마음속에 영원히 남겠지요
추억이 되고 비밀이 되면
나중에는 괜찮을까요
정말 그럴 수 있을까요

시험 날 아침, 지각

망설이던 아침이 성큼성큼 걸어온다
떠오르던 해가 점점 표정을 잃는다
쥐구멍으로 들어가고 싶은 심정이지만
아무것도 잡을 수 없어서 시험 날이다

달리는 호랑이, 이미 피곤한 줄무늬
해가 멀리 달아나서 영원히 아침이었으면
밤으로 잠 속으로 달아난 꿈들이 깨진다
졸도할 것 같은 표정으로
교실 문 앞에 딱딱하게 서 있다

떠오르던 해가 나의 입을 틀어막는다
나무들이 주춤주춤 귀를 열어 놓는다
잠깐 웃음소리가 들렸던 것도 같다
영원한 시간, 몸통이 없는 아침

날씨 흐림

빗줄기가 창문을 그었다
내 발을 떼어서 너에게 줄게

따라오지 마
겁내지 마

고구마를 인수 분해 할 수 있어?
미래의 수박을 상상할 수 있어?

답 없는 계절이 오느라 뽀족한 빗줄기
너에게 내 목소리를 줄게

노래는 너무 어렵고
달리기는 너무 뜨겁다

머리가 아프군
코가 시리군

네가 떠난다
내 발을 거느리며 유유히

콩 가지 버섯 멸치

식탁은 어지러운 미로 같습니다
길을 잃고 헤매는 순간 들려오는 잔소리

딱딱하고 검은 길
물컹하고 물기 많은 바다
허물어진 벽
뾰족한 천장

나는 이 길을 통과할 수 있을까요
총알처럼 날아오는 눈빛

배고픔보다 어려운 게 있습니다

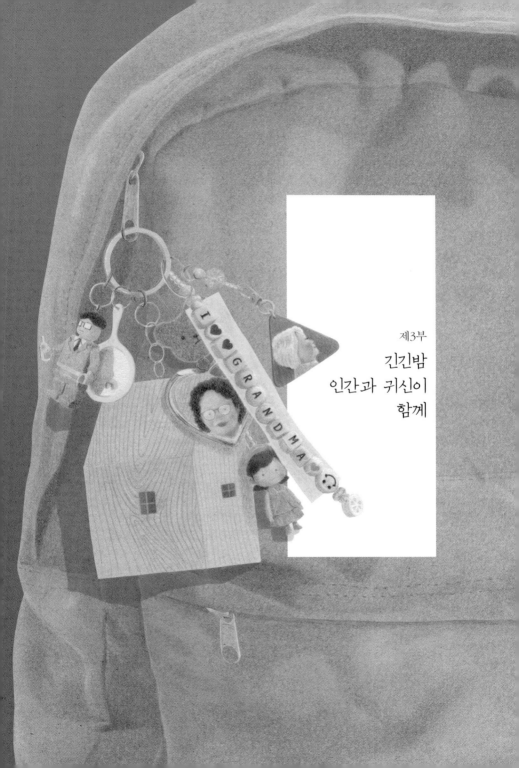

제3부

긴긴밤
인간과 귀신이
함께

매봉산에서 만나요

잔소리가 없다면 엄마가 아니다
할머니 앞에서도 마찬가지다
첩첩 쌓인 약봉지가 어지럽다
그럴 수 있지
헷갈릴 수 있지
빠뜨릴 수 있지
할머니와 나는 안다
눈이 마주쳤고 서로 찡긋했다
그런데 엄마는 아직도 잔소리 중
할머니는 약을 좀 더 열심히 먹어야 하고
나는 숙제를 좀 더 열심히 해야 하고
할머니는 건강해져야 하고
나는 성적이 올라야 하고
엄마도 안다
할머니는 젊지 않고
나는 똑똑하지 않다
됐다, 알겠어요 대답하지 않는다
그렇다면 잔소리는 더 길어질 게 분명하다

엄마는 모른다
할머니와 나는 손을 잡고 다정하였다
매봉산에서 만났다
적적한 할머니는 벤치에 우두커니 앉아 있었고
중간고사 망친 나는 발로 흙을 차고 있었다
잔소리가 따라올 것이 분명했지만
아이스크림을 나눠 먹었다
짧지만 달콤한 시간이었다
그러니 오늘은 엄마의 목소리도 견딜 만하다
할머니와 내게 엄마가 없다면 귀가 없을 것이고
귀가 없다면 사람이 아닐 것이니
아이스크림처럼 귓속의 말들을
사르르 흘려보내기로
한 귀에서 다른 귀로 엄마를 미끄러뜨리기로
할머니와 나는 매봉산에서 또 만나기로

1일 1빵 하는 엄마

내가 사춘기가 되기 전에 엄마의 갱년기가 먼저 왔습니다

날마다 피곤하고 우울한 엄마는 커피와 함께 1일 1빵 합니다

카페인과 글루텐 속에 행복과 평화가 있는 것일까요

빵은 나도 좋아하지만 빵에 대한 엄마의 사랑은 따라갈 수 없습니다

할머니에게 떡이 있듯 엄마에게는 빵이 있습니다

엄마의 빵지순례는 몸으로 증명됩니다 빵처럼 푸근해진 엄마 앞으로

사이즈를 키운 옷들이 자주 배달됩니다 괜찮습니다 엄마만 괜찮다면

엄마에게 젤리를 권해 볼까요 쫀득하니 씹으면 다 괜찮
습니다

내가 제빵사가 되는 게 좋겠습니다 밀가루값도 설탕값
도 자꾸 오르니

그게 좋겠습니다 엄마가 좋다면 나도 좋습니다

고슴도치 할머니

떡집 할머니는 손맛이 그만이었지
어쩜 이렇게 쫄깃하고 맛있나
뭐 이런 게 있나 싶었지
그때 떡은 다 먹었다

할머니는 눈이 퇴화된 고슴도치 같았어
말없이 앉아 떡을 빚는데 가끔씩 코를 고는 거야
눈을 감고 조는 순간에도 손은 멈추지 않았어
주름진 손은 떡을 빚고 할머니는 잠에 들었지

고개를 까딱거려도 손은 멈출 줄 몰랐어
떡들은 뭐 했냐고?
색색의 꿈을 꾸었지 짧고 동그란 꿈을

할머니 손은 점점 더 커지고
떡들은 부지런히 꿈을 꾸었지만
글쎄, 그 끝은 모르겠어
말하지 않으면 이야기는 끝나지 않으니까

떡은 그만두고
이제 나도 어른이 되어야겠다

어두운 골목길 떡 찌는 연기가 뿌옇게 피어올랐지만
나는 다 자란 걸까
어른이 된 걸까

전봇대에 물어봤어
답이 없었지
함박눈에 물어봤어
답이 없었지

나의 알록달록한 꿈들은 평평해졌다
동그란 배는 푹 꺼져 버렸다
이번에는 부지런히 빵을 사 먹었어

빵이란 무엇일까

그건 내가 잘 알아
떡의 꿈을 먹고 자랐기 때문에
빵의 말들은 내가 잘 알아들었지

먹기 전에 떡은 녹지 않고
씹기 전에 떡은 삼켜지지 않는다
빵은 그렇지가 않거든
똑똑하고 영리해
꿈 같은 건 꾸지 않아

먹기 전에 빵에 마음을 뺏기고
씹기 전에 빵에 취하거든
밀가루를 주무르는 하얀 손들은 정확하고 분명해
이 세계란 언제나 빵에 가까워

이제 드르륵 열리는 떡집의 무거운 문도
더는 열리지 않아
아무에게도 물어볼 수 없었어

떡의 부푼 꿈을

내가 사랑하는 것들은 자주 사라지곤 해

나는 어디서나 감지되는 한 마리 고양이에 불과하다
꼬리는 가져 본 적 없지만
야옹야옹, 사라진 꿈을 부른다

골목길 끝에는 찰랑찰랑 발끝을 적시는 파도가 일렁이고
성긴 떡가루같이 폴폴 날리는 꿈들

이제 곧 나를 부드럽게 주무르기 위해
커다란 손이 태어나지
하얗게
하얗게

할머니가 잠 깨지 않도록 알록달록하고 동그랗게 구를래
구를래⋯⋯

성북역

기름 냄새를 묻혀 와서겠지
비둘기가 내게 다가왔지만
아무것도 주지 않는다
꽈배기는 우리 할머니 거야

까딱거리며 점점 더 모여든다
비둘기의 발자국은 방향이 있고
나의 발자국은 방향이 없다
할머니에게는 못 하는 말이
가슴속에 뜨겁게 고인다

비둘기 떼를 한꺼번에 날려 버린다
나도 날아가고 싶다
가능한 한 멀리멀리
끝까지 간다면 누굴 만나게 될까
그러나 전동차는 한 방향으로 미끄러지고

텅 빈 놀이터에 쏟아지는 어둠

꽈배기는 벌써 다 식었다
여기도 비둘기가 있네
어쩔 수 없이 조금 나눠 준다
다 식은 꽈배기를 떼어 던져 준다

냉큼 삼키고 또 달라고 까딱거리는 비둘기들
그래 친구 하자 내가 매일 조금씩 줄게
꽈배기를 좋아하는
비둘기도 뚱보 나도 뚱보
하지만 가끔 날아오르고 싶다

할머니의 저녁 간식을 축내는 비둘기와 친구 먹는 귀갓길

우리들 마음에 빛이 있어

외할머니가 생각난다
눈이 내리니까
오후니까
배가 아프니까

휴지를 딱 한 칸씩만 쓰셨다는 할머니
화장실에서 두루마리 쳐다보며
엄마는 안 그랬는데 왜 그러셨을까 생각해 본다
화장을 지우느라 크리넥스를 휙휙 뽑던데
엄마는 할머니 딸이 맞나 아닌가

나를 낳은 건 정말 엄마가 맞나 아닌가
그게 중요한 건 아니다
샛노란 호박죽이 할머니 얼굴과 겹친다
할머니가 좋아하셨던 것
아무래도 호박죽은 너무 뜨거워 너무 달아

지난밤 내가 뭘 먹었나보다

뭘 들었나가 더 중요해
잔소리 잔소리 잔소리
귀의 통증이 마음으로 오고 배로 내려오고
배가 아프다

우리들 마음에 빛이 있어
말 없는 두루마리를 쳐다보며 할머니를 불러 본다
겹겹의 두꺼운 쌍꺼풀은 할머니 엄마 나 모두에게 있다

그 눈에 눈물이 잘 고인다
슬픈 이야기를 좋아한다
할머니는 죽었고 엄마는 위태롭고 나는 지쳤다

눈이 내리니까
오후니까
배가 아프니까
공연히 외할머니가 생각난다

귀가 어두워 빼꼼히 날 들여다보던 쌍꺼풀진 눈
눈 속에 없는 할머니
바람 속에도 없는 할머니

나는 할머니와 다르다
두루마리를 쭉 잡아당겨 놓고
마음에 빚이 있어 할머니 이름 김귀남을
중얼거려 본다

말아 올린 속눈썹

눈 비비며 일어난 아침이에요
배고프지 않아요
늦었어요 그냥 갈래요

속눈썹은 말아 올리고요
너무 많은 것들이 눈에 들어와요
일일이 다 호명할 수 없습니다
할머니, 나는 아파요 속은 것 같아요

나를 찌르는 건 나이고
깊이 찌를수록 웃음이 나고
한밤중에 일어나 울었어요
할머니, 나는 보고 싶어요

단비야 단비야 단비야
단비는 할머니의 단짝 요크셔
할머니도 단비도 이제는 없지만요
세 번 부르면 나는 죽은 강아지가 되고요

할머니 곁에 눕고 싶어요

배고픈 단비에게 비스킷을 나눠 주던
할머니의 다정한 손길이 그리워요
따뜻하고 고소한 할머니 냄새가 그리워요

도대체 누가 누구를?
무엇을 어떻게 왜 그런데?
엄마는 한꺼번에 말을 쏟아 냅니다
한 번에 한 가지씩만 물으라고 했잖아요
엄마는 할머니의 딸인데
엄마도 할머니가 보고 싶은데

할머니가 없는 나와
엄마가 없는 엄마는
사이가 썩 좋지는 않고요
간신히 마주 앉아 얼굴을 붉힙니다

아침마다 전쟁이에요
눈썹을 말아 올리는 나와
아침밥을 준비하는 엄마
우리는 할머니가 필요해요

조개 할머니

할머니는 작았다
어린아이 같았다
시장 골목에 쪼그려 앉아
작은 손으로 더 작은 조개를 깠다

조개는 뽀얗고 통통하고 수북했다
작은 밥그릇에 담겼다
기다란 봉지에 담겼다

할머니는 계속 조개를 깠고
젖은 손으로 이마를 훔쳤다
터지면 어쩌나
상하면 어쩌나

조개는 끄떡없어
조개는 괜찮아
할머니가 달래주니까
조개는 부끄러운 것 같았다

이건 비밀인데……
조개가 가만히 속삭였다
할머니와 나만 알아듣는 조그만 목소리로
아무도 몰래

할머니와 나와 조개는 친해졌다
할머니와 나만 아는 조개의 말이 있다
겨울에도 여름에도 변하지 않는 말
봄과 가을에도
괜찮아, 속삭이는 말

조개의 말들을 끄덕끄덕 알아듣고
할머니는 바다를 꿈꿨지
늦은 오후 조개들이 입을 열면
할머니는 졸음을 이기지 못해
고개를 까딱거리는데

꿈의 출구를 열고
커다란 조개 속으로 들어갔다
거기 푹신한 이불과 따뜻한 불빛이 있고
반짝거리는 별들이 떨어지겠지

할머니, 어서 나와
조개의 입이 닫히기 전에 돌아와야지
할머니는 고개를 크게 한번 떨구고
시장으로 돌아왔어
괜찮아, 다 괜찮다 하는 표정으로
작은 그릇에 조개들을 수북이 담아냈다

조개를 듬뿍 넣은 칼국수를
후루룩 짭짭 먹는 밤
나의 꿈속에도 조개들이 찾아왔다
알록달록한 조개들이 저마다 노래를 불렀다

귓바퀴에서 무지개가 흘러나오도록

길고 아름다운 목소리로
조개들이 입을 모아 노래를 불렀다
괜찮아, 점점 좋아질 거야

겨울의 속도

귀신이 발을 건 게 틀림없다
눈 오는 날 할머니는 왜 시장에 갔을까?
군고구마를 사러? 겨울 양말을 사러?
눈길에 미끄러진 할머니는 영영 일어나지 못했다

갑작스러운 부음에 모인 어른들
하루의 피로가 뭉친 얼굴로 인사를 나눈다
흰쌀밥과 벌건 국을 조금씩 떠먹는다
숟가락 젓가락에 자꾸 밥이 들러붙었다

부옇게 흐려진 눈동자들
같은 인사를 매번 공손히 받는다
그래야 한다면 그럴 것이다
영하의 날씨가 내게는 너무 뜨겁고

부르튼 입술과 무거운 어깨는 나의 것이다
이제 할머니가 없네 나 혼자네
겨울은 알 수 없는 속도로 치닫다 멈추고

액자 속에 갇힌 할머니 혼자 웃고 있다

할머니의 잠꼬대

할머니는 새벽 세 시의 사람
어둠 속에서 달그락달그락
그릇들도 세 시면 일어납니다

할머니는 이른 세수를 하고
뒷동산에 오릅니다
꽃들을 깨웁니다

부지런한 새들을 불러 모아요
나무마다 등을 부딪쳐 인사를 하고요

낮 동안 할머니는 좌판을 깔고
강낭콩과 옥수수와 백설기를 팝니다

언니 오빠 아줌마 아저씨 들
바쁜 걸음을 가다가도 배고픔을 해결합니다

장사가 끝나면

남은 것은 다 내 차지예요
나도 배가 부릅니다

할머니는 이른 저녁을 잡수시고
초저녁에 잠이 들어요
밤은 할머니가 가장 활달한 시간입니다

자면서 말하는 사람
그게 우리 할머니입니다

나는 옆에서 할머니의 꿈을 기록합니다

꿈속에서 할머니는 나만큼 어려지는 것 같아요
웃고 울고 미끄러집니다
내가 다 알아요

할머니를 길게 풀어 씁니다

언제까지나 풀어 쓸 수 있을 것 같아요
할머니는 점점 어려지고요
할머니는 점점 작아지고요

내 호주머니 속에 쏙 들어갈 것만 같아요

꿈의 말들이 줄줄 풀려 나오면
나도 어느새 다 크고요
점점 더 바쁘고 배가 고프겠지만요
끄덕끄덕 알아듣는 새벽의 귀는 그대로예요

내 귓속에서 미끄럼을 타는 할머니

할머니의 꿈은 사라지지 않아요
강낭콩처럼 둥글고
옥수수알처럼 노랗고
백설기처럼 폭신한 꿈

데구루루 구르면
언제라도 할머니의 곁

인생과 인삼

할머니의 인삼은 쓰디썼죠
푹 달인 인삼에 꿀 같은 내가 똑 떨어졌죠
할머니는 말했어요
내 인삼에 너 같은 꿀강아지가 오다니
꿀 같은 나를 오래 못 보시고
할머니의 인삼은 끝났죠

엄마의 인삼은 잘 모르겠어요
쓴 것도 같고 단 것도 같고
아빠의 인삼과 엉켜서 조금 꼬인 듯하지만
엄마의 인삼에 빚진 나로서는
엄마의 인삼을 응원합니다

나의 인삼은 내가 꿈꿀 수 있을까요
할머니 엄마의 인삼과 다를 수 있을까요 달라야 할까요
친구들과 마라탕이나 탕후루를 먹는 동안에는
인삼도 잠시 잊고 맙니다 그러나
내 인삼의 멋진 오빠들 언니들

인삼은 뜻대로 흘러가지 않는다고 사람들이 말하죠
인생이라고 하면 너무 무겁고 진지한 것 같아
할머니 식으로 인삼이라 불러 봤습니다
엄마 식으로 인삼을 곱씹어 봤습니다
몸도 마음도 조금 가벼워지는 것 같지 않아요?

꼭 대단한 사람이 되지 않아도 괜찮지 않나요?
나의 인삼은 내가 알지 못하는 곳으로
부지런히 흘러가겠지요
할머니와 엄마와 나의 인삼을 다 같이
멋짐이 폭발하는 인삼이라고 중얼거려 봅니다

긴긴밤 인간과 귀신이 함께

동지니까 팥죽을 먹어야 한다고
시뻘겋고 뜨거운 사발을 앞에 두고
먹고 싶지는 않다
귀신이 정말 팥죽을 무서워할까?
팥죽보다 사람을 더 무서워하지 않을까?
뭐 그런 생각을 하다가
휘휘 저어 새알심을 하나 건져 먹었다
물컹하고 뜨거운 게 입속에서 흐물거렸다
이상한 단맛에 긴긴밤도 녹아 버릴 것 같다
물리치기만 한다면 귀신도 억울하지 않을까?
팥죽 떠먹던 엄마가 눈을 흘긴다
할머니가 들으셨다면 호호 웃으시겠지
할머니가 좋아하시던 동지 팥죽
그러니까 엄마는 할머니 생각하며
동지면 팥죽을 끓이는 게 아닐까
죽은 할머니 애써 부르려고
뜨겁고 시뻘건 팥죽 한 사발 속에 할머니가 있으니까
할머니 귀신은 팥죽 안 무서워하고

한 그릇 잘 잡수시고 우리 곁을 지켜 주시겠지
그런 것이지 낮이 짧고 밤이 기니까
동짓날 긴긴밤을 따라 엉뚱한 상상에 빠지는 것이다

아나콘다가 엄마를 삼켰어요

엄마 몸에 벌레들이 잔뜩 붙었어요
내가 막대기로 쫓아도 소용없었지요
꿈속의 엄마는 태연했어요
무서워서 나는 울면서 깨어났습니다
꿈속의 벌레들이 우글우글
하루 종일 머릿속에서 떠나질 않았어요
엄마도 그랬을까요
나를 키우는 내내 걱정했을까요

아나콘다가 엄마를 삼켰던 꿈
자다가 일어나 울던 어린 내가 기억납니다
아나콘다가 엄마를 뱉어 내기를 바라며
꿈속의 나는 막대기를 들고 허공을 찔렀는데
아나콘다는 꿈쩍도 하지 않았지요
나는 엄마가 떠날까 불안했을까요

할머니와 아빠와 나 사이 엄마는 말도 많고
엄마와 아내와 며느리 사이 고민도 많고

엄마의 인생은 어떻게 굴러가고 있는 것일까요
벌레들이 붙어도 태연하고
아나콘다가 삼켜도 꼼짝 않는
엄마의 삶을 생각해 봅니다
꿈속의 엄마보다 꿈 밖의 엄마가
행복하기를 바라 봅니다

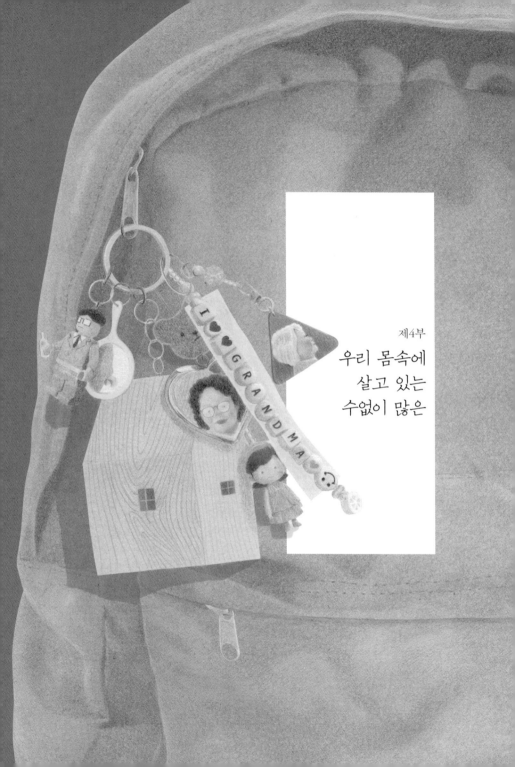

제4부

우리 몸속에
살고 있는
수없이 많은

슬픈 삼각형 웃긴 사각형

엄마는 갑자기 엄마가 되었고
잠시 기뻤고
정신없이 바빴고
오래 힘들었고
엄마가 익숙해졌으나
자주 아팠고
엄마의 자리에서 엄마는
매번 엄마로서 조금 슬퍼 보였다

세월은 강물같이 흐른다고
화살같이 날아간다고
할머니는 주름진 얼굴로 이야기한다
거의 시인 같다
실제 일기장에 시 같은 걸 썼다
몰래 읽었지만
몰래 읽는 걸 다 아시는 것 같았다
매일 부지런히 고독하셨다

아빠는 오늘 밤 바쁘고
계속 바빴었고
앞으로도 바쁠 것이다
바쁨 속에 취했고
취하면 가끔 웃겼다
어느 날 갑자기 한가해진다면
엄마도 나도 할머니도
무척 곤란해질 것이다
바쁜 아빠를 바쁜 아빠로서
계속 사랑하기로

나는 엄마의 골칫거리이자
할머니의 영원한 강아지이자
아빠의 귀염둥이로서
나는 나
나의 웃김 속에
굴러가는 우리 가족들
슬픈 삼각형이었다가 웃긴 사각형이었다가

고향이 어디니

할아버지의 고향은 전라도
열아홉에 서울로 올라와
삼십 년간 막노동 서울 생활
드라마처럼 펼쳐집니다
할머니의 고향도 전라도
할아버지와 함께 올라와
변두리 서울 생활이 익숙해졌답니다

아빠의 고향은 그러니까 서울
공부 좀 했다더니 꼰대 같습니다
아끼고 아껴서 자기 집을 갖게 되었습니다
엄마의 고향도 서울입니다
서울에서 태어나 서울에서 교육받은
할머니와 완전 다른 사람입니다
돈도 잘 쓰고 울기도 잘합니다
그런데 어쩐지 촌티는 못 벗는 것 같습니다
변두리의 다정한 삶입니다

그러니까 나도 서울 사람이지만
서울이라고 다 같은 서울이 아닙니다
이왕 태어날 거면 강남이 좋았습니다
새들도 주로 남쪽 방향으로 나는 것 같습니다

할머니의 봄

할머니 집에 가는 길
한 봉지 가득 토마토는 붉고 고요하다
할머니의 봄날은 창밖으로만 흐르고

할머니, 토마토 드세요
봄은 언제 오나 어디서 오나
잘 마른 바람의 나날들

물러 터지기 전에 드셔야 하는데
표정이 생긴 토마토는 이제 곧 말을 할 것 같은데
못 알아듣는 귀가 두 개

할머니, 이제 갈게요
토마토 꼭 드시고요
다음에 또 올게요

총알처럼 붉은 눈빛
내가 먼저 터질 것 같다

날개가 돋는 토마토
간지러운 토마토
봄은 어떻게 오나 왜 오나

쿠키인가 비누인가

고모가 어디 좋은 데 갔다 왔구나
고모의 깜짝 선물 3종 세트 도착!
고양이 틴 케이스에 가득 든 건 초콜릿
아, 달콤하다
종이 상자 안에는 고소한 버터 쿠키
아, 부드럽다
근데 이건 뭔가
알록달록하고 향기로운 이건 도대체 뭔가
끌린다 당긴다 볼매다
그런데 아뿔싸
이건 아니다, 퉤퉤퉤
헹궈도 헹궈도 거품이 보글보글
입안이 미끄럽다
고모야 진작 말했어야지 정말 너무해
맛있게 생긴 비누라고
향긋한 수제 비누라고
말해 줬어야지 고모야
하마터면 삼킬 뻔했잖아

배꼽 잡고 웃는 가족들
거의 바닥을 구르는 누나
망신살 뻗쳤다 팔린다 팔려
내가 없으면 어쩔 뻔했어
내가 아니면 웃을 일이 없잖아
고모야 여하튼 고마워
다음번엔 미리 말해 주고
좋은 데 많이 다녀와
선물도 많이 사 오고

언니는 좋겠다

언니는 좋겠다
키도 크고 힘도 세서
언니는 정말 좋겠다
얼굴이 하얘서 눈이 동그라서
언니는 좋을 거야
공부도 잘하니까
언니는 다 가졌어
남자 친구도 잘생기고
엄마의 잔소리까지 독차지
언니의 꿀잠 속에는 누가 나올까
언니는 일요일에 친구들과 뭘 먹을까
세상 불공평해
나는 언제 언니만큼 크나
내게도 자유와 해방을!
내게도 예쁨과 똑똑함을!
하느님 바쁘세요?
나랑 언니 체인지
체인지!

삼대의 입맛

할아버지 할머니는 막 버무린 겉절이를 좋아하신다
숨도 죽지 않은 배추가 생생하다

엄마 아빠는 김치전을 좋아한다
함께 먹는 막걸리를 더 좋아하는지도 모르겠다

언니와 나는 김치찌개를 좋아한다
맵짠 국물에 푹 익은 돼지고기가 반갑다

동생들은 아직 김치를 못 먹는다 다행이다
동생들까지 김치를 먹기 시작하면 김치가 모자랄 것 같다

방들의 즐거움

할머니는 노래방을 좋아하고
엄마는 만화방을 좋아하고
아빠는 게임방을 좋아하지
동생은 방 탈출에 미쳤다
나도 방을 좋아해
노트북 아이패드 휴대폰이 있는 내 방을

할머니는 거의 가수고
엄마는 웹툰을 줄줄 꿰고
아빠는 신상 게임에 빠졌다
동생은 매번 신기록을 경신한다
나는 네모난 세상의 무한 즐거움을 안다
즐거운 것들은 다 네모난가

네모난 식탁에 앉아 밥 먹을 때
할머니는 흥얼거리고
엄마는 눈이 피곤하고
아빠는 초췌하지만

동생과 나는 아직 활력이 넘친다

저마다 방들이 오래 즐겁기를

칼로 물을 벤다는 것

등굣길이 조용하다
맨날 지각인데
아침부터 싸우는 엄마 아빠 덕분에
오늘은 일찍 나왔다

들어 봐도 맨날 그 소리
똑같은 말 지겹지도 않은가
평퐁같이 건너다니는 말들
지지 않으려고 기를 쓰는 말들

그래도 걱정은 안 한다
아빠가 씩씩거리고 나면
엄마가 뒤돌아서고 나면
하교할 때 즈음 괜찮을 거다

침묵 속에 저녁을 먹고 나서
포크로 과일을 푹푹 찍어 먹고
언제나 그렇듯

아빠는 스포츠 뉴스를 본다
엄마는 인터넷 장보기를 한다

나는 아빠에게 동생은 엄마에게 부비적부비적
손흥민이 골 넣었어요?
오늘 세일 상품은 뭐예요?
묻고 답하다 보면

싸움이란 일상적인 것
평범한 것
매일 걸어 다니는 골목길처럼
주머니에 든 손처럼

사랑이 서로 달라

이모들의 사랑은 하나님이어서
주일마다 예배를 보러 간다
일요일이 제일 바쁘고 기쁘다

엄마는 아무 때나 한가한 날 절에 간다
부처님 앞에 손을 모으고 몸을 숙인다
부처님께 빌 게 많다

할머니는 교회도 가고 절에도 간다
다 믿는 것 같기도 하고 아무것도 안 믿는 것 같기도 하다
할머니는 할머니 자신만 믿는 게 아닐까

아빠는 차만 믿는다
교회든 절이든 부지런히 도로 위를 달린다
기도하는 아빠를 본 적이 없다

나는 아직 모르겠다
하나님도 부처님도 궁금하지만

궁금하다고 무작정 다 믿을 수는 없다
믿음은 시간이 걸린다 노력이 필요하다

아침에 베이컨 저녁의 베이컨

엄마 아빠가 지난밤 베이컨 어쩌고 해서
오늘 아침엔 베이컨을 먹나 보다 했어요
그런데 아침은 그냥 달걀프라이
엄마, 베이컨은?
뭔 베이컨? 얼른 먹고 가, 지각하겠다
어제저녁에 베이컨 얘기했잖아
그 베이컨은 그 베이컨이 아니야
철학자 베이컨
화가도 있지
아침에 베이컨은 없고
저녁의 베이컨은 무겁구나
아침에 베이컨은 못 먹고
저녁의 베이컨은 어렵구나

우리 몸속에 살고 있는 수없이 많은

할머니는 이제 없지만
엄마의 몸속에 할머니가 다시 살고 있는 것 같다
엄마가 나를 낳아
내 몸속에 엄마가 다시 산다면
내 몸속에는 할머니도 있고 엄마도 있는 것이다

그러니 내 눈빛은 나만 보는 것이 아니고
내 목소리는 나의 목소리만은 아닐 것이고
내 팔다리에도 엄마의 엄마의 엄마가……
이렇게 거슬러 올라가다 보면
우리 몸속에 살고 있는 수없이 많은 엄마들이
함께 웃고 울고 하는 것 아닐까

외로워도 외로운 게 아니다
혼자이지만 혼자일 수가 없다
무언가 할 수 있을 것 같다

초대하는 사랑의 세계

최지은 시인

반쯤 열어 둔 창문 밖으로 톡톡, 장맛비가 내리기 시작합니다. 금방이라도 비를 쏟을 것처럼 흐린 나날이 계속되더니 오늘 오후가 되어서야 비는 비의 일을 시작하려나 봅니다. 톡톡. 열린 창을 닫지 않고 하던 것을 멈추고서 잠시 비의 시작을 지켜봅니다. 가볍고 조용한 움직임입니다. 창을 두드리는 가는 빗소리, 방 안으로 흐르는 장마의 소리, 몸 안으로 흘러 들어오는 여름을 잠시 그대로 둡니다. 비의 리듬을 따라 제 마음속에도 듣고 싶은 말이 톡톡 떠오르다 이내 가라앉습니다. 조금 더 떠오르도록 조금 더 톡톡, 비를 듣고 바라보는 오후입니다.

얼마나 지났을까. 점점 선명해지는 마음의 소리에 귀를 기울입니다. '또 한 번 새로운 여름이 왔구나.' 익히 안다고 생각한 여름이지만 이 여름엔 완전히 새로운 시간, 낯선 세계가 내게 열려 있습니다. 빗방울 소리가 낯설게 들려오기 시작합니다. 내가 어떤 말을 찾아 헤매고 있었는지, 무엇을 기다리고 있었는지, 나를 들여다보는 시간은 나 자신을 조금 더 부드럽게 바라보게 만들어요. 세상에는 하고 싶지 않아도, 잘 되지 않아도 포기하지 않고 해야 할 일이 있다고 자주 생각하는데요, 바로 나 자신을 이해하고 아끼는 일, 나 자신을 친절히 들여다보는 일은 쉼 없이 해야 할 일이라고 생각해요. 저에게는 시를 생각하고, 시를 쓰고, 시를 읽는 시간이 그 노력의 한 방편이고요.

그렇지만 시를 읽는 건 쓰는 것만큼이나 어려울 때가 많아요. 시를 읽는다는 건 표면적인 의미를 파악하는 것만이 아니기 때문입니다. 시 속으로 기꺼이 들어가 시어 하나하나를 숨 쉬듯 느끼고, 시의 장면을 살아 내듯이 감각할 때 비로소 우리는 그 시에 대한 감상을 덧붙일 수 있게 됩니다. 평가 이전에 깊은 이해가 동반되어야 하는 것이죠. 하지만 어떤 시는 내가 노력하지 않아도 꼭 내 마음처럼 단숨에 와닿기도 합니다. 나를 그 안으로 초대하는 시는 내 몸 안으로 흘러 들어오는 이 여름처럼 깊은 자국을 마음에 남깁니다. 단숨에 새로운 시공간 속으로 초대되는 기쁨. 이 기쁨에 대한 이야기를 해 보려 합니다.

여름이 깊어지는 시간, 시집 『슬픈 삼각형 웃긴 사각형』의 원고를 품에 안고서 저는 자주 제 마음을 들여다보았습니다. 이 시집에는 제가 듣고 싶었던 말이 가득했거든요. 어떤 기다림도 없이 단숨에 제게 와 말을 건네는 기쁨이 있었습니다. 실은 벌써부터 궁금합니다. 시집을 읽을 독자께서는 이 시들 속에서 어떤 말을 자신에게 들려줄지. 오랫동안 기다려 왔던 것이 이것이었다며 고개를 끄덕일 수도 있고, 저처럼 단숨에 사로잡힐 수도 있겠죠. 시집 원고를 넘기다가 번뜩 눈에 띄었던 시 「슬픈 삼각형 웃긴 사각형」을 읽고 단숨에 빠져들었던 것처럼요.

> 엄마는 갑자기 엄마가 되었고
> 잠시 기뻤고
> 정신없이 바빴고
> 오래 힘들었고
> 엄마가 익숙해졌으나
> 자주 아팠고
> 엄마의 자리에서 엄마는
> 매번 엄마로서 조금 슬퍼 보였다
> —「슬픈 삼각형 웃긴 사각형」 부분

'갑자기'는 '미처 생각할 겨를도 없이 급히'라는 뜻을 지닌 부사입니다. '난데없이, 느닷없이, 돌연, 불현듯, 홀연, 급작스레, 급히, 갑작스레' 같은 단어들이 연이어 떠오르지요. 화자가 "엄마는 갑자기 엄마가 되었"다고 말하는 순간 저는 시야가 열리는 것 같았습니다. "갑자기"라는 말이 품고 있던 '엄마'의 수많은 배경, 무수한 풍경이 스쳐 지나가는 것 같았어요. "갑자기"

라는 시어는 화자인 '나'가 태어나 엄마를 '엄마'로 만들기까지 온갖 것을 응축하고 있는 단단한 단어였습니다. 한순간에 저는 시 속의 "엄마" 한 사람의 역사를, 이 가족의 사연을 낱낱이 펼쳐 볼 수 있을 것만 같았습니다. 어떤 내력이든 수긍하고 이해할 수 있을 것 같았습니다. 엉켜 있던 실타래가 풀리고 구겨진 은박지가 말끔히 펼쳐지는 것처럼 '엄마'가 되기 이전으로 시간이 되감기는 것도 같았어요. '갑자기'라는 말 이전에 펼쳐져 있던 거대한 세계를 마주한 것 같았습니다. 그렇게 생각하니 "갑자기 엄마가 되었"다는 건 섣부르다거나 미숙하다거나 준비 없이 벌어진 일이 아니었어요. 오히려 화자 '나'와 '엄마'는 반드시 마주치게 될 필연적인 만남으로 읽혔습니다. 저에게도 '엄마'와 같은 존재가 있으니까요. 저는 제 마음속의 이 존재를 떠올리며 '갑자기'라는 말을 새로 배우게 된 것 같았습니다. 어떤 시는 이처럼 익숙한 단어를, 익히 알고 있다고 생각한 세계를 아주 새롭고 낯설게 마주하게 합니다.

그리고 이내 『슬픈 삼각형 웃긴 사각형』에 등장하는 가족이 아주 가깝게 느껴지기 시작했습니다. 시집에는 엄마, 아빠, 할머니, 언니, 동생 그리고 고모, 이모, 삼촌까지 대가족이 등장하는데요, 청소년 화자의 시선으로 담아 낸 가족 구성원의 일상과 삶 속에서 가족의 의미와 사랑을 되새겨 볼 수 있었습니다. 물론 모든 시는 각각 하나의 완전한 작품으로서 단독으로 접근하고 이해하는 것이 마땅하겠지만, 이 시집에서는 유기적으로

얽혀 있는 대가족의 이야기를 총체적으로 감각해 보는 것도 또다른 기쁨이 될 거예요. 각 시의 화자 '나'를 조금씩 변주된 한 사람으로 읽어도 흥미로울 테고요.

그렇다면 시집의 청소년 화자들 '나'는 어떤 인물일까요. "다섯 살의 나는 땅파기를 좋아했"지만 "열다섯 살의 나는 좋아하는 게 없"(「지금도 그럴까요」)고, "거북이 굼벵이 나무늘보 코알라"만큼 "느리고"(「나의 느림은 이유가 있다」), "이번 방학"에는 "더 예뻐지"(「엄마, 이번 방학엔」)고 싶고, "한밤중 강변"에서 "가만한 마음"(「한밤중 강변에서 기다리고 있음」)을 흘려 보내곤 합니다. "완벽하지 않아도 좋았던 시절"(「지금도 그럴까요」)을 회상하고, "어떤 순간은 땅속에 묻어 버리고 싶"을 만큼 "내가 아니었던 창피한 순간/다 알면서 실수했던 이상한 순간"(「마음속 깊은 곳」)을 떠올리기도 합니다. "모든 것이 어렵고 문득 어두워지고 발이 계속 빠"(「급식 시간」)지는 시간을 보내기도 하고요.

하지만 그것이 자신의 전부는 아니라는 듯 씩씩하고 굳세게 자기만의 세계를 만들어 가는 장면을 곳곳에서 발견할 수 있었어요. "엄마의 인생은 어떻게 굴러가고 있는 것일까"(「아나콘다가 엄마를 삼켰어요」) 지극하게 엄마를 바라보기도 하고, "바쁜 아빠를 바쁜 아빠로서/계속 사랑하"(「슬픈 삼각형 웃긴 사각형」)는 성숙한 모습을 보여 주기도 하지요. "꼭 대단한 사람이 되지 않아도 괜찮지 않나요?"(「인생과 인삼」)라고 물어오거나 "나의 속도로 간다//나의 느림 만세!"(「나의 느림은 이유가 있다」)라고 외치면서 위로가 되어 주기도 했습니다.

이처럼 '나'는 여러 가족 구성원 속에서 다양한 삶을 관찰하고 사유하며 성숙해 가는 동시에 사춘기를 지나며 자기 자신을 부정하는 혼란스러운 시간을 보내기도 합니다. 하지만 자기 모습을 있는 그대로 수용하고 이해하며 단단한 내면을 키워 가고 있습니다. 이 화자들을 마주하면서 저는 새삼 제가 시를 읽는 이유를 다시 한번 떠올렸어요. 한 사람을 알아 간다는 것은 이처럼 다채롭고 복잡하고 쉼 없이 꿈틀거리는 변화를 이해한다는 것일 테니까요. 화자를 바라보던 시선을 나에게로 옮겨 와 자신을 새롭게 바라볼 수도 있죠. 나라는 사람은 고정되는 것이 아니라 이토록 다면적이고 온갖 것을 품고 있는 다채로운 존재라고 나를 이해하는 시간을 가질 수도 있을 거예요.

화자의 시선을 따라가다 보면 저의 어릴 적 모습이 겹치기도 하고, 우리 주위에 있는 다양한 가족의 모습이 포개지기도 했습니다. 화자가 엄마와 할머니를 바라보는 시선에서 여성의 연대와 연결성을 가늠해 볼 수도 있었고요. 때때로 지금은 엄마가 된 화자 자신이 과거의 어린 '나'의 목소리를 빌려 과거와 현재를 넘나드는 것 같은 또 다른 연결성을 발견할 수도 있었어요. 어떤 시선으로 어떻게 바라보느냐에 따라 이 시집의 시들은 우리에게 다양한 이야기를 들려줄 거예요. 단 하나의 시선으로 고정할 수 없는 수많은 서사를 상상할 수 있게 되는 것이죠.

이런 독자의 마음을 다 안다는 듯, 한 사람의 마음을 들여다

보는 시도 만날 수 있었는데요, 바로 할머니의 잠꼬대가 자장
가처럼 울려 퍼지는 다음 작품입니다.

자면서 말하는 사람
그게 우리 할머니입니다

나는 옆에서 할머니의 꿈을 기록합니다

꿈속에서 할머니는 나만큼 어려지는 것 같아요
웃고 울고 미끄러집니다
내가 다 알아요

할머니를 길게 풀어 씁니다

언제까지나 풀어 쓸 수 있을 것 같아요
할머니는 점점 어려지고요
할머니는 점점 작아지고요

내 호주머니 속에 쏙 들어갈 것만 같아요

(중략)

할머니의 꿈은 사라지지 않아요
강낭콩처럼 둥글고
옥수수알처럼 노랗고
백설기처럼 폭신한 꿈

데구루루 구르면
언제라도 할머니의 곁

　　　　　　—「할머니의 잠꼬대」부분

　시 속의 할머니는 낮 동안 좌판을 깔고 강낭콩과 옥수수, 백
설기를 팝니다. 사람들의 배고픔을 달래 주는 할머니예요. 장
사가 끝나고 남은 음식은 화자의 배를 채워 주고요. 할머니는
초저녁이면 잠에 들 만큼 고단한 생활을 성실하게 꾸려 가는
사람입니다. 잠든 할머니를 지켜보는 화자는 "강낭콩처럼 둥
글고/옥수수알처럼 노랗고/백설기처럼 폭신"하고 단단한 할
머니의 꿈을 스스로 만들며 "할머니의 꿈"을 기록합니다. 꿈으
로라도 할머니의 꿈을 지켜 줄 수 있도록 할머니의 꿈을 상상
하는 화자가 정말 사랑스럽지 않나요? 할머니의 꿈에는 '나'만
큼이나 어린 할머니가 있고, 그것은 '나'는 모르는 시간, 모르기
때문에 더 궁금하고 더 상상하고 더 붙들리는 시간이에요. 사
랑하는 사이에서는 내가 모르는 그의 시간마저 꿈꾸고 그리는
법이니까요. 그를 더 알고 싶어서, 조금 더 알게 된 그 자리에서

더 사랑하고 싶기 때문이죠.

시집『슬픈 삼각형 웃긴 사각형』에는 할머니가 여러 차례 등
장합니다. 저는 그것이 무척 반갑고 기뻤어요. 할머니 손에서
자란 저로서는 쉽게 지나칠 수 없는 시들이 가득했습니다. 시
속에 할머니가 등장할 때마다 저의 할머니가 생각나 자주 멈칫
했고, 잠시 머무를 수 있었어요. 내가 쓴 것도 아닌데 꼭 내가
쓴 시처럼 시 속으로 초대되어 할머니를 느꼈습니다. 생생하게
펼쳐지는 할머니와 화자 '나'의 이야기가 아른거려 그대로 나
른하게 잠을 좀 자고 싶기도 했고요. 할머니와의 돈독한 관계
를 모른다 해도 그렇겠지요. 우리는 누구나 사랑하는 이의 꿈
마저 옮겨 적고 싶고, 자는 얼굴을 가만 들여다보고 싶고, 그의
꿈을 둥글려 간직하고 싶고, 지금은 만날 수 없다 해도 그리워
하는 것만으로도 멀어지지 않는 사람 한둘쯤은 간직하고 있으
니까요. 그런 사람과의 이별을 준비해야 하는 봄에 우리 마음
은 얼마나 붉고 고요해질까요.

할머니 집에 가는 길
한 봉지 가득 토마토는 붉고 고요하다
할머니의 봄날은 창밖으로만 흐르고

할머니, 토마토 드세요
봄은 언제 오나 어디서 오나

잘 마른 바람의 나날들

물러 터지기 전에 드셔야 하는데
표정이 생긴 토마토는 이제 곧 말을 할 것 같은데
못 알아듣는 귀가 두 개

할머니, 이제 갈게요
토마토 꼭 드시고요
다음에 또 올게요

총알처럼 붉은 눈빛
내가 먼저 터질 것 같다

날개가 돋는 토마토
간지러운 토마토
봄은 어떻게 오나 왜 오나

— 「할머니의 봄」 전문

"또 올게요"라는 말을 사이에 두고 듣는 사람과 말하는 사람
은 자기만의 붉고 고요함을 품고 있습니다. 토마토처럼 단단하
다가도 토마토처럼 터질 것 같은 붉음입니다. 봄이 오는데 "할
머니의 봄날은 창밖으로만 흐르고" 있어 "내가 먼저 터질 것

같"은 나날입니다. 이런 봄날을 시인은 "날개가 돋는 토마토/ 간지러운 토마토"라고 말하네요. 때때로 시적 언어는 있는 그 대로의 실재보다 더 적확하고 현실적입니다. 그리움은 벌써 시 작된 것 같고, 내 마음은 언제라도 터질 듯 붉고 고요합니다.

동지니까 팥죽을 먹어야 한다고
시뻘겋고 뜨거운 사발을 앞에 두고
먹고 싶지는 않다
귀신이 정말 팥죽을 무서워할까?
팥죽보다 사람을 더 무서워하지 않을까?
뭐 그런 생각을 하다가
휘휘 저어 새알심을 하나 건져 먹었다
물컹하고 뜨거운 게 입속에서 흐물거렸다
이상한 단맛에 긴긴밤도 녹아 버릴 것 같다
물리치기만 한다면 귀신도 억울하지 않을까?
팥죽 떠먹던 엄마가 눈을 흘긴다
할머니가 들으셨다면 흐흐 웃으시겠지
할머니가 좋아하시던 동지 팥죽
그러니까 엄마는 할머니 생각하며
동지면 팥죽을 끓이는 게 아닐까
죽은 할머니 애써 부르려고
뜨겁고 시뻘건 팥죽 한 사발 속에 할머니가 있으니까

할머니 귀신은 팥죽 안 무서워하고
한 그릇 잘 잡수시고 우리 곁을 지켜 주시겠지
그런 것이지 낮이 짧고 밤이 기니까
동짓날 긴긴밤을 따라 엉뚱한 상상에 빠지는 것이다
　　　　　　—「긴긴밤 인간과 귀신이 함께」 전문

이 시는 또 어떤가요. 눈앞에 새알심 서너 개 담긴 팥죽이 그려지는 시. 한입 떠먹으면 나른한 단맛이 온몸으로 퍼질 것 같습니다. 저는 이 팥죽 앞에서 돌연 열일곱의 저를 떠올리기도 했어요. 문학 수업을 듣던 교실 안 풍경입니다.

"지문을 읽고, 화자의 심경을 표현한 사자성어를 찾는 문제예요. 자, 죽은 가족이 눈앞에 나타난다면 얼마나 놀랍고 무섭겠어요."

"저기…… 선생님!"

"네, 질문하세요."

"저기…… 그게…… 그리워하던 가족이 나타났는데 왜…… 무서워요?"

조금 엉뚱한가요. 저는 진지했습니다. 할머니 손에서 자란 저는 어려서부터 할머니가 언제든 나를 떠날 수 있다는 죽음의 불안에 휩싸이곤 했거든요. 잠든 할머니의 등을 바라보면서

'할머니가 죽었으면 어떡하지' 걱정하곤 했으니까요. 그런 까닭에 죽은 이가 살아 돌아왔다는 문학 작품을 읽으며 저는 오히려 반가웠던 것 같아요. 할머니가 죽음 너머로 사라진 뒤에도 나를 찾아올 수 있다면 얼마나 고마울까, 재회의 기쁨을 상상했던 것이죠. 귀신이 된 할머니가 무섭기보다 어떻게라도 다시 한번 만나고 싶은 그리움이 더 자연스러운 감정이라고 생각했습니다. 「긴긴밤 인간과 귀신이 함께」를 읽으면서 엉뚱하게만 보였던 열일곱의 제 마음을 이제야 누군가 공감해 주는 것 같았어요. 아주 먼 시차를 두고. 때때로 시는 마음속에 묻어 둔 이야기를 다시 꺼내어 보게 해요. "죽은 할머니 애써 부르려고/뜨겁고 시뻘건 팥죽"을 끓이는 '엄마'를 상상하는 것만으로도 아릿하게 애틋했습니다. 죽은 이를 부르려고 끓이는 팥죽은 얼마나 뜨겁고 달콤할까요.

할머니는 이제 없지만
엄마의 몸속에 할머니가 다시 살고 있는 것 같다
엄마가 나를 낳아
내 몸속에 엄마가 다시 산다면
내 몸속에는 할머니도 있고 엄마도 있는 것이다

그러니 내 눈빛은 나만 보는 것이 아니고
내 목소리는 나의 목소리만은 아닐 것이고

내 팔다리에도 엄마의 엄마의 엄마가……
이렇게 거슬러 올라가다 보면
우리 몸속에 살고 있는 수없이 많은 엄마들이
함께 웃고 울고 하는 것 아닐까

외로워도 외로운 게 아니다
혼자이지만 혼자일 수가 없다
무언가 할 수 있을 것 같다
　　　　　　—「우리 몸속에 살고 있는 수없이 많은」 전문

　끝내 할머니는 아주 먼 곳으로 돌아가고, 화자는 할머니와
헤어지고, 화자의 엄마는 엄마와 헤어지게 됩니다. 시에 초대
되어 시 속을 함께 거닐다 보니 화자의 이별이 꼭 내 것처럼 느
껴집니다. 그런데 몸이 없어져도 사라지지 않는다니요. 한 사
람이 저 너머로 떠나가고도 내내 내 안에 살아 있다니, 볼 수
없어도 만지지 못해도 멀어지지 않는다니. 시는 어쩌면 이토
록 나를 거대하게 만드는 걸까요. 어쩌면 이렇게까지 나를 지
워 내고 또 다른 나를 태어나게 할 수 있는 걸까요. 혼자의 몸이
지만 절대 혼자일 수 없다는 발견. 제 몸속에 살고 있는 수많은
'엄마' 그리고 사랑이 실타래 풀리듯 '갑자기' 내 앞에 당도하는
것만 같았습니다. 사랑의 몸이 정말로, 여기, 내 안에 있었어요.
이 발견 덕분에 나는 다른 사람이 됩니다. 내 몸속에 수많은 몸,

수많은 사랑을 지닌 다른 사람. 그러니 나는 "무언가 할 수 있"게 된 것 같아요.

　이 시집에 담긴 사랑의 기록을 읽으며 저는 주변을, 가족을, 그들과의 사랑을 다시 떠올렸습니다. 그리고 이 사랑은 우리가 헤어진 뒤에도 몸과 마음에 깊이 남아 내내 나를 지킨다는 것을 믿게 되었어요. 믿어 버리게 되었어요. 가끔은 "혼자"라도 해야겠지요. 나 혼자서 "슬픈 삼각형"과 "웃긴 사각형"을 그리워하는 날도 있겠지요. 슬프기만 한 것은 아니에요. 사는 내내 우리는 쉼 없이 해야 하는 것이 있으니까요. 나 자신을 다정하게 살피는 일, 이건 내 몸속에 살아 있는 사랑을 친절하게 바라보는 일과 다르지 않습니다. 이 혼자의 마음은 지금 창밖의 빗방울처럼 동그래집니다. 무엇이든 또 다른 것을 끌고 함께 굴러갈 수 있을 것 같아요.

　『슬픈 삼각형 웃긴 사각형』이 초대하는 사랑의 세계에 기쁘게 응해 보길 권합니다. "나의 꿈은 적을 수 없"고 "한밤중 강변에서 기다리"며 "긴긴밤 인간과 귀신이 함께"하는 이 여름에도 "우리 몸속에 살고 있는 수없이 많은" 사랑 덕분에 저는 혼자서도 무엇이든 껴안고 굴러갈 수 있을 것 같아요. "혼자이지만 혼자일 수가 없"이 계속해서 "무언가 할 수 있을 것 같"습니다. 여전히 창밖엔 혼자인 빗방울들이 수없이 "혼자" 여름을 굴러가고 있어요. 또 다른 여름입니다.

시인의 말

청소년기를 행복하게 보냈던 것은 아니지만 그 시절에 바라봤던 골목길이며 재래시장이며 엄마와 할머니 들의 모습을 지금도 소중하게 기억합니다.

시를 쓰는 것도, 사랑하며 사는 것도 모두 어렵지만 사랑하기 위해 시를 씁니다. 시를 쓰면 조금 더 사랑할 수 있습니다. 더 오래 사랑할 수 있습니다. 쓰지 않는다면 지나칠 많은 것들이 내게 잠시 머물기 때문입니다.

엄마는 이제 할머니가 되었고, 쪼그맣던 아이들이 금세 자라 청소년이 되었습니다. 저도 이제 젊다고 말하기는 어려워요. 내내 두려웠지만 할머니와 아이들이 만들어 내는 '동그라미'가 저를 감쌉니다.

가족과 이웃들, 친구들에게 '괜찮아'라고 자주 말해 줍시다. 그 말은 '다음'을 만들어 냅니다. 함께라면 조금 더 잘 버틸 수가 있으니 손을 잡고 걸어가 봅시다. 약간의 위로와 다정함이라면 못할 게 뭐야, 생각해 봅니다.

모든 일이 생각한 대로 이루어지지는 않겠지만 생각조차 안 한다면 아무것도 못하겠지요. 조금 엉뚱하고 삐딱한 생각이어도 좋습니다. 상상은 다른 나를 만들고, 무엇이라도 될 수 있어요.

믿음이 이끌어 가는 삶, 그게 바로 저와 여러분의 미래가 되기를 바라며.

2024년 8월
이근화